• 5060 세대를 위한 뇌가 젊어지는 필사책 •

매일 예쁜 시 한 편

김소월 외 11인 지음

GBB 가위바위보

기억력 감퇴와 우울감 예방은
마음을 따스하게 하는 명시로!

우리는 시를 좋아합니다. 시는 구구절절 설명하지 않으며, 어떤 행동을 강하게 요구하지 않습니다. 아주 일상적인 언어로 사람과 세상에 대한 깊은 통찰과 사랑을 아름답게 그려내기 때문입니다. 그래서 긴 글보다 짧은 시에 더 끌리는지도 모릅니다.

우리가 학창시절에 풍금 반주에 맞춰 불렀던 김소월의 〈개여울〉, 〈진달래꽃〉, 김영랑의 〈돌담에 속삭이는 햇발〉, 박인환의 〈세월이 가면〉 등은 서정적인 가사와 잔잔한 멜로디로 그 당시 우리의 가슴을 촉촉하게 적셨습니다.

시는 노래의 가사로 쓰일 만큼 운율이 있고 함축적 의미를 갖고 있습니다. 그래서 시를 읊조릴수록 단맛, 쓴맛, 짠맛, 매운맛 등 다양한 맛을 찬찬히 느낄수 있습니다. 그것이 시의 매력입니다.

이 책은 우리나라 일제강점기와 한국전쟁을 거친 위대한 시인들의 작품들 중에서 희망과 사랑을 노래한 작품 47편을 엄선한 필사책입니다. 시를 필사하게 되면 굳은 마음을 말랑하게 만들 뿐만 아니라 콧노래 부르듯 낭송하게 됩니다. 그리고 자연스럽게 좋은 시를 외우며 기억력을 높일 수 있습니다.

매일 시를 따라 쓰면서 시인이 전하는 메시지에 미소 지으며 시어의 아름다움에 흠뻑 빠져보시길 바랍니다.

쓰고, 읊조리고, 노래 부르며
즐겁게 하는 시 필사!

- **하루에 한 편, 시를 따라 쓰세요.**
  좋아했던 명시를 매일 따라 쓰면서 즐거웠던 추억을 떠올려보세요.
  매일 시를 필사하고 날짜를 적어보세요.

- **마음에 다가오는 시어, 시 구절을 정리해보세요.**
  빛을 발하는 시어, 근사한 비유, 마음에 드는 표현을
  이 책의 빈 칸에 적어보세요.

- **시로 만들어진 노래를 불러보세요.**
  이 책에 실린 시들 중에 대중가요, 가곡의 가사로 쓰인 게 꽤 있어요.
  시를 따라 쓰면서 노래를 찾아 듣거나 흥얼거려보세요.

- **짧은 시에서 긴 시까지 차근차근 써보세요.**
  분량이 적은 시에서 긴 시까지 따라 쓸 수 있게 구성했어요.
  마음을 담아 한 자 한 자 써보세요.

- **시를 필사하며 낭송해보세요.**
  좋아하는 시를 따라 쓰며 읊조려 보세요.
  자연스럽게 외울 수 있어요.

차 례

웃음이 피어나는 시

마음이 맑아지는 시

사랑이 깊어지는 시

◈ 일러두기

1. 초판본과 대조해 원본에서 뜻하는 의미를 최대한 살렸습니다.
   정확한 의미 전달을 위해 맞춤법 및 띄어쓰기는 원본을 훼손시키지 않는 범위에서
   현재의 표기로 고쳤습니다.
   다만, 문장부호는 읽기 편하게 첨가, 삭제했으며 한자는 꼭 필요한 경우 병기했습니다.

2. 시 제목에 번호가 들어가는 경우 번호를 삭제했습니다.

3. 이해하기 어려운 시어는 이해를 돕기 위해 주석을 첨부했습니다.

4. 시어 중에서 긴 장음을 표시하는 기호(—)와 부연 설명용으로 쓰인 기호(—)만 원문대로 살렸고,
   그 외는 삭제했습니다.

5. 연과 행은 대부분 원문과 같게 했지만, 필사책의 목적에 따라 다르게 배치하기도 했습니다.

웃음이
피어나는 시

엄마야 누나야

김소월

엄마야 누나야 강변 살자,

뜰에는 반짝이는 금모래 빛,

뒷문 밖에는 갈잎의 노래,

엄마야 누나야 강변 살자.

감자꽃

권태응

자주 꽃 핀 건 자주 감자,

파 보나 마나 자주 감자.

하얀 꽃 핀 건 하얀 감자,

파 보나 마나 하얀 감자.

호수

정지용

얼굴 하나야

손바닥 둘로

폭 가리지만,

보고 싶은 마음

호수만 하니

눈감을밖에.

바다

정지용

외로운 마음이

한종일 두고

바다를 불러

바다 위로

밤이

걸어온다.

앵두

권태응

빨강빨강 앵두가

오볼조볼 왼 가지

아기들을 부른다.

정다웁게 모여라.

동글동글 앵두는

예쁜 예쁜 열매는

아기들의 차질세.

달궁달궁 먹어라.

눈

윤동주

지난밤에

눈이 소 — 복이 왔네.

지붕이랑

길이랑 밭이랑

추워한다고

덮어주는 이불인가 봐.

그러기에

추운 겨울에만 내리지.

도토리들

권태응

오롱종 매달린 도토리들,
바람에 우루루 떨어진다.

머리가 깨지면 어쩌려고
모자를 벗고서 내려오나.

날마다 우루루 도토리들,
눈을 꼭 감고서 떨어진다.

아기네 동무와 놀고 싶어
*무섬도 안 타고 내려온다.

무섬 '무서움'

반딧불

윤동주

가자, 가자, 가자,
숲으로 가자.
달 조각을 주우러
숲으로 가자.

그믐밤 반딧불은
부서진 달 조각

가자, 가자, 가자,
숲으로 가자.
달 조각을 주우러
숲으로 가자.

재밌는 집 이름

권태응

읍내서 시집오면 읍내댁

청주서 시집오면 청주댁

서울서 시집오면 서울댁

집집마다 재밌게 붙는 이름

동네 중 제일로 가까운 건

한동네서 잔치 지낸 한말댁

동네 중 제일 먼 건 북간도댁

해방 통에 못 살고 되왔지요.

돌담에 속삭이는 햇발

김영랑

돌담에 속삭이는 햇발같이

풀 아래 웃음 짓는 샘물같이

내 마음 고요히 고운 봄 길 위에

오늘 하루 하늘을 우러르고 싶다.

새악시 볼에 떠오는 부끄럼같이

시의 가슴 살포시 젖는 물결같이

보드레한 에메랄드 얇게 흐르는

실비단 하늘을 바라보고 싶다.

봄은 고양이로다

이장희

꽃가루와 같이 부드러운 고양이의 털에
고운 봄의 향기가 어리우도다.

금방울과 같이 호동그란 고양이의 눈에
미친 봄의 불길이 흐르도다.

고요히 다물은 고양이의 입술에
포근한 봄 졸음이 떠돌아라.

날카롭게 쭉 뻗은 고양이의 수염에
푸른 봄의 생기가 뛰놀아라.

식물

박인환

태양은 모든 식물에게 인사한다.

식물은 이십사 시간 행복하였다.

식물 위에 여자가 앉았고

여자는 반역한 환영(幻影)을 생각했다.

향기로운 식물의 바람이 도시에 분다.

모두들 창을 열고 태양에게 인사한다.

식물은 이십사 시간 잠들지 못했다.

사슴

노천명

모가지가 길어서 슬픈 짐승이여

언제나 점잖은 편 말이 없구나.

관이 향기로운 너는

무척 높은 족속이었나 보다.

물 속의 제 그림자를 들여다보고

잃었던 전설을 생각해내곤

어찌할 수 없는 향수에

슬픈 모가지를 하고 먼 데 산을 바라본다.

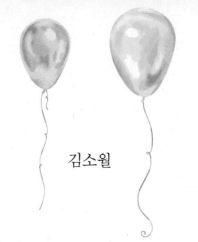

못 잊어

김소월

못 잊어 생각이 나겠지요,

그런대로 한 세상 지내시구려,

사노라면 잊힐 날 있으리다.

못 잊어 생각이 나겠지요,

그런대로 세월만 가라시구려,

못 잊어도 더러는 잊히오리다.

그러나 또 *한끝 이렇지요,

'그리워 살뜰히 못 잊는데,

어쩌면 생각이 떠나지나요?'

한끝 '한편'

비

정지용

돌에

그늘이 차고,

따로 몰리는

*소소리 바람

앞섰거니 하여

꼬리 치날리어 세우고,

종종 다리 까칠한

산새 걸음걸이

여울 지어

수척한 흰 물살.

갈갈이

손가락 펴고,

멎은 듯

새삼 *듣는 *빗낱

붉은 잎 잎

*소란히 밟고 간다.

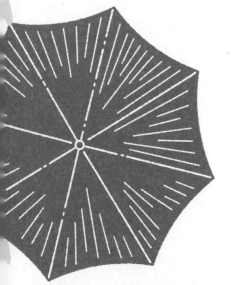

소소리 바람 '매서운 바람'
듣는 '방울지어 떨어지다'
빗낱 '빗방울'
소란히 '시끄럽고 어수선하게'

어머니의 웃음

이상화

날이 *맛도록

온 데로 헤매노라.

나른한 몸으로도

시들픈 맘으로도

어둔 부엌에,

밥 짓는 어머니의

나 보고 웃는 빙그레 웃음!

내 어려 젖 먹을 때

무릎 위에다

맛도록 '끝나도록'

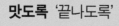

나를 고이 안고서

늙음조차 모르던

그 웃음을 아직도

보는가 하니

외로움의 조금이

사라지고, 거기서

*가는 기쁨이 비로소 온다.

가는 '가느다란'

비 갠 아침

이상화

밤이 새도록 퍼붓던 그 비도 그치고
동편 하늘이 이제야 불그레하다.
기다리는 듯 고요한 이 땅 위로
해는 점잖게 돋아 오른다.

눈부시는 이 땅
아름다운 이 땅
내야 세상이 너무도 밝고 깨끗해서
발을 내밀기에 황송만 하다.

해는 모든 것에게 젖을 주었나 보다.
동무여, 보아라.

우리의 앞뒤로 있는 모든 것이

햇살의 가닥 ― 가닥을 잡고 빨지 않느냐.

이런 기쁨이 또 있으랴.

이런 좋은 일이 또 있으랴.

이 땅은 사랑 *뭉텅이 같구나.

아, 오늘의 우리 목숨은 복스러워도 보인다.

뭉텅이 '뭉치'

산유화

김소월

산에는 꽃 피네.

꽃이 피네.

갈 봄 여름 없이

꽃이 피네.

산에

산에

피는 꽃은

저만치 혼자서 피어 있네.

산에서 우는 작은 새여,

꽃이 좋아

산에서

사노라네.

산에는 꽃 지네.

꽃이 지네.

갈 봄 여름 없이

꽃이 지네.

마음이
맑아지는 시

서시

윤동주

죽는 날까지 하늘을 우러러

한 점 부끄럼이 없기를,

잎새에 이는 바람에도

나는 괴로워했다.

별을 노래하는 마음으로

모든 죽어가는 것을 사랑해야지.

그리고 나한테 주어진 길을

걸어가야겠다.

오늘 밤에도 별이 바람에 스치운다.

예전엔 미처 몰랐어요

김소월

봄가을 없이 밤마다 돋는 달도
'예전엔 미처 몰랐어요.'

이렇게 사무치게 그리울 줄도
'예전엔 미처 몰랐어요.'

달이 암만 밝아도 쳐다볼 줄을
'예전엔 미처 몰랐어요.'

이제금 저 달이 설움인 줄은
'예전엔 미처 몰랐어요.'

나룻배와 행인

한용운

나는 나룻배 당신은 행인.

당신은 흙발로 나를 짓밟습니다.

나는 당신을 안고 물을 건너갑니다.

나는 당신을 안으면 깊으나 얕으나

급한 여울이나 건너갑니다.

만일 당신이 아니 오시면 나는 바람을 쐬고

눈비를 맞으며 밤에서 낮까지 당신을 기다리고 있습니다.

당신은 물만 건너면 나를 돌아보지도 않고 가십니다그려.

그러나 당신이 언제든지 오실 줄만은 알아요.

나는 당신을 기다리면서 날마다 날마다 낡아갑니다.

나는 나룻배 당신은 행인.

후회

한용운

당신이 계실 때에

알뜰한 사랑을 못 하였습니다.

사랑보다 믿음이 많고, 즐거움보다 조심이

더하였습니다.

게다가 나의 성격이 냉담하고

더구나 가난에 쫓겨서,

병들어 누운 당신에게 도리어

*소활하였습니다.

그러므로 당신이 가신 뒤에, 떠난 근심보다

뉘우치는 눈물이 많습니다.

소활 '서먹하다'

진달래꽃

김소월

나 보기가 역겨워

가실 때에는

말없이 고이 보내드리우리다.

영변에 약산 진달래꽃

아름 따다 가실 길에 뿌리우리다.

가시는 걸음걸음 놓인 그 꽃을

사뿐히 즈려밟고 가시옵소서.

나 보기가 역겨워

가실 때에는

죽어도 아니 눈물 흘리우리다.

유리창

정지용

유리에 차고 슬픈 것이 어른거린다.

*열없이 붙어서서 입김을 흐리우니

길들은 양 언 날개를 파닥거린다.

지우고 보고 지우고 보아도

새까만 밤이 밀려나가고 밀려와 부딪히고,

물먹은 별이, 반짝, 보석처럼 박힌다.

밤에 홀로 유리를 닦는 것은

외로운 황홀한 심사이어니,

고운 폐혈관이 찢어진 채로

아아, 너는 산새처럼 날아갔구나!

열없이 '어색하고 겸연쩍게'

모란이 피기까지는

김영랑

모란이 피기까지는

나는 아직 나의 봄을 기다리고 있을 테요.

모란이 뚝뚝 떨어져버린 날

나는 비로소 봄을 여읜 설움에 잠길 테요.

5월 어느 날 그 하루 무덥던 날

떨어져 누운 꽃잎마저 시들어버리고는

천지에 모란은 자취도 없어지고

뻗쳐오르던 내 보람 서운케 무너졌으니

무란이 지고 말면 그뿐, 내 한 해는 다 가고 말아

삼백 예순 날 *하냥 섭섭해 우옵네다.

모란이 피기까지는

나는 아직 기다리고 있을 테요.

찬란한 슬픔의 봄을.

하냥 '늘, 계속'

개여울

김소월

당신은 무슨 일로

그리합니까?

홀로이 개여울에 주저앉아서

파릇한 풀포기가

돋아나오고

잔물은 봄바람에 헤적일 때에

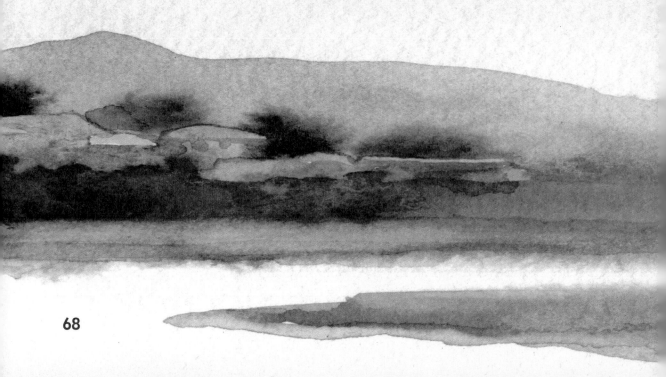

가도 아주 가지는

않노라시던

그러한 약속이 있었겠지요.

날마다 개여울에

나와 앉아서

하염없이 무엇을 생각합니다.

가도 아주 가지는

않노라심은

굳이 잊지 말라는 부탁인지요.

거울

이상

거울속에는소리가없소.

저렇게까지조용한세상은참없을것이오.

거울속에도내게귀가있소.

내말을못알아듣는딱한귀가두개나있소.

거울속의나는왼손잡이오.

내악수를받을줄모르는 ― 악수를모르는왼손잡이오.

거울때문에나는거울속의나를

만져보지를못하는구료마는

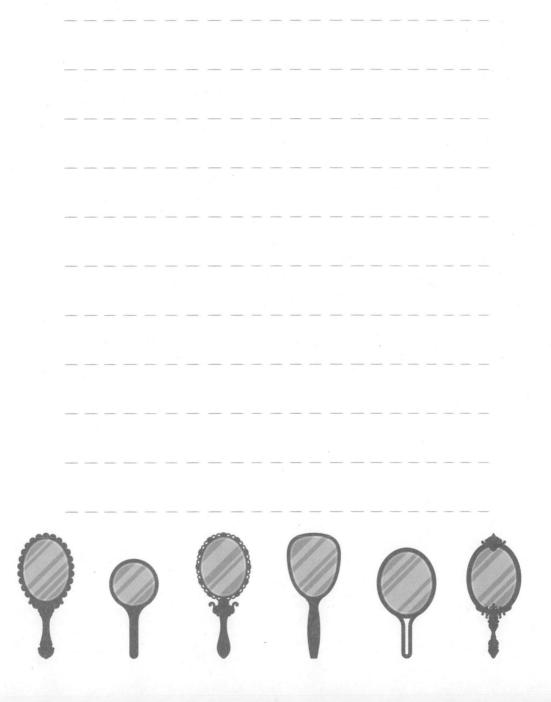

거울아니었던들내가어찌거울속의나를

만나보기만이라도했겠소.

나는지금거울을안가졌소마는거울속에는

늘거울속의내가있소.

잘은모르지만외로된사업에골몰할게요.

거울속의나는참나와는반대요마는또꽤닮았소.

나는거울속의나를근심하고진찰할수없으니퍽섭섭하오.

청포도

이육사

내 고장 칠월은

청포도가 익어가는 시절

이 마을 전설이 주저리주저리 열리고

먼 데 하늘이 꿈꾸며 알알이 들어와 박혀

하늘 밑 푸른 바다가 가슴을 열고

흰 돛단배가 곱게 밀려서 오면

내가 바라는 손님은 고달픈 몸으로

청포를 입고 찾아온다고 했으니

내 그를 맞아 이 포도를 따 먹으면

두 손은 함뿍 적셔도 좋으련.

아이야, 우리 식탁엔 은쟁반에

하이얀 모시 수건을 마련해두렴.

내 마음을 아실 이

김영랑

내 마음을 아실 이
내 혼자 마음 날같이 아실 이
그래도 어데나 계실 것이면

내 마음에 때때로 어리우는 티끌과
속임 없는 눈물의 간곡한 방울방울
푸른 밤 고이 맺는 이슬 같은 보람을
보밴 듯 감추었다 내어드리지.

아! 그럽다.
내 혼자 마음 날같이 아실 이
꿈에나 아득히 보이는가.

향 맑은 옥돌에 불이 달아

사랑은 타기도 하오련만

불빛에 연긴 듯 희미론 마음은

사랑도 모르리 내 혼자 마음은.

떠날 때의 님의 얼굴

한용운

꽃은 떨어지는 향기가 아름답습니다.

해는 지는 빛이 곱습니다.

노래는 *목마친 가락이 묘합니다.

님은 떠날 때의 얼굴이 더욱 어여쁩니다.

떠나신 뒤에 나의 환상의 눈에 비치는 님의 얼굴은

눈물이 없는 눈으로는 바로 볼 수가 없을 만치

어여쁠 것입니다.

님의 떠날 때의 어여쁜 얼굴을

나의 눈에 새기겠습니다.

목마친 '목메인'

님의 얼굴은 나를 울리기에는

너무도 야속한 듯하지마는

님을 사랑하기 위하여는

나의 마음을 즐겁게 할 수가 없습니다.

만일 그 어여쁜 얼굴이 영원히 나의 눈을 떠난다면

그때의 슬픔은 우는 것보다도 아프겠습니다.

소년

윤동주

여기저기서 단풍잎 같은 슬픈 가을이 뚝뚝 떨어진다.

단풍잎 떨어져 나온 자리마다 봄을 마련해놓고

나뭇가지 위에 하늘이 펼쳐 있다.

가만히 하늘을 들여다보려면 눈썹에 파란 물감이 든다.

두 손으로 따뜻한 볼을 쓸어보면

손바닥에도 파란 물감이 묻어난다.

다시 손바닥을 들여다본다.

손금에는 맑은 강물이 흐르고,

맑은 강물이 흐르고, 강물 속에는 사랑처럼

슬픈 얼굴 — 아름다운 순이의 얼굴이 어린다.

소년은 황홀히 눈을 감아본다.

그래도 맑은 강물은 흘러 사랑처럼

슬픈 얼굴 — 아름다운 순이의 얼굴은 어린다.

해당화

한용운

당신은 해당화 피기 전에 오신다고 하였습니다.

봄은 벌써 늦었습니다.

봄이 오기 전에는 어서 오기를 바랐더니

봄이 오고 보니 너무 일찍 왔나 두려워합니다.

철모르는 아이들은 뒷동산에 해당화가 피었다고

다투어 말하기로 듣고도 못 들은 체하였더니

야속한 봄바람은 나는 꽃을 불어서

경대 위에 놓입니다그려.

시름없이 꽃을 주워서 입술에 대고
'너는 언제 피었니' 하고 물었습니다.
꽃은 말도 없이 나의 눈물에 비쳐서
둘도 되고 셋도 됩니다.

세월이 가면

박인환

지금 그 사람의 이름은 잊었지만

그의 눈동자 입술은

내 가슴에 있어.

바람이 불고

비가 올 때도

나는 저 유리창 밖

가로등 그늘의 밤을 잊지 못하지.

사랑은 가고

과거는 남는 것

여름날의 호숫가

가을의 공원

그 벤치 위에

나뭇잎은 떨어지고

나뭇잎은 흙이 되고

나뭇잎에 덮여서

우리들 사랑이 사라진다 해도

지금 그 사람 이름은 잊었지만

그의 눈동자 입술은

내 가슴에 있어

내 서늘한 가슴에 있건만.

이름 없는 여인 되어

노천명

어느 조그만 산골로 들어가

나는 이름 없는 여인이 되고 싶소.

초가지붕에 박 넝쿨 올리고

삼밭엔 오이랑 호박을 놓고

들장미로 울타리를 엮어

마당엔 하늘을 욕심껏 들여놓고

밤이면 실컷 별을 안고

부엉이가 우는 밤도 내사 외롭지 않겠소.

기차가 지나가 버리는 마을

놋양푼의 수수엿을 녹여 먹으며

내 좋은 사람과 밤이 늦도록

여우 나는 산골 애기를 하면

삽살개는 달을 짖고

나는 여왕보다 더 행복하겠소.

광야

이육사

까마득한 날에

하늘이 처음 열리고

어디 닭 우는 소리 들렸으랴.

모든 산맥들이

바다를 연모해 휘달릴 때도

차마 이곳을 범하던 못하였으리라.

끊임없는 광음을

부지런한 계절이 피어선 지고

큰 강물이 비로소 길을 열었다.

지금 눈 내리고

매화 향기 홀로 아득하니,

내 여기 가난한 노래의 씨를 뿌려라.

다시 천고의 뒤에

백마 타고 오는 초인이 있어

이 광야에서 목놓아 부르게 하리라.

사랑이
깊어지는 시

초혼(招魂)

김소월

산산이 부서진 이름이여!

허공중에 헤어진 이름이여!

불러도 주인 없는 이름이여!

부르다가 내가 죽을 이름이여!

심중(心中)에 남아 있는 말 한마디는

끝끝내 마저 하지 못하였구나.

사랑하던 그 사람이여!

사랑하던 그 사람이여!

붉은 해는 서산마루에 걸리었다.

사슴의 무리도 슬피 운다.

떨어져 나가 앉은 산 위에서

나는 그대의 이름을 부르노라.

설움에 겹도록 부르노라.

설움에 겹도록 부르노라.

부르는 소리는 비껴가지만

하늘과 땅 사이가 너무 넓구나.

선 채로 이 자리에 돌이 되어도

부르다가 내가 죽을 이름이여!

사랑하던 그 사람이여!

사랑하던 그 사람이여!

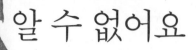

알 수 없어요

한용운

바람도 없는 공중에 수직의 파문을 내며

고요히 떨어지는 오동잎은 누구의 발자취입니까.

지리한 장마 끝에 서풍에 몰려가는

무서운 검은 구름의 터진 틈으로

언뜻언뜻 보이는 푸른 하늘은 누구의 얼굴입니까.

꽃도 없는 깊은 나무에 푸른 이끼를 거쳐서

옛 탑 위의 고요한 하늘을 스치는 알 수 없는 향기는

누구의 입김입니까.

근원은 알지도 못할 곳에서 나서

돌부리를 올리고 가늘게 흐르는 작은 시내는

굽이굽이 누구의 노래입니까.

연꽃 같은 발꿈치로 가이없는 바다를 밟고

옥 같은 손으로 끝없는 하늘을 만지면서

떨어지는 해를 곱게 단장하는

저녁놀은 누구의 시입니까.

타고 남은 재가 다시 기름이 됩니다.

그칠 줄 모르고 타는 나의 가슴은

누구의 밤을 지키는 약한 등불입니까.

님의 침묵

한용운

님은 갔습니다.

아아, 사랑하는 나의 님은 갔습니다.

푸른 산빛을 깨치고 단풍나무 숲을 향하여 난

작은 길을 걸어서 차마 떨치고 갔습니다.

황금의 꽃같이 굳고 빛나던 옛 맹세는

차디찬 티끌이 되어서 한숨의 미풍에 날아갔습니다.

날카로운 첫 키스의 추억은 나의 운명의 지침을

돌려놓고 뒷걸음쳐서 사라졌습니다.

나는 향기로운 님의 말소리에 귀먹고

꽃다운 님의 얼굴에 눈멀었습니다.

사랑도 사람의 일이라 만날 때에 미리 떠날 것을

염려하고 경계하지 아니한 것은 아니지만,

이별은 뜻밖의 일이 되고 놀란 가슴은

새로운 슬픔에 터집니다.

그러나 이별을 쓸데없는 눈물의 원천을 만들고 마는 것은

스스로 사랑을 깨치는 것인 줄 아는 까닭에,

걷잡을 수 없는 슬픔의 힘을 옮겨서

새 희망의 정수박이에 들어부었습니다.

우리는 만날 때에 떠날 것을 염려하는 것과 같이

떠날 때에 다시 만날 것을 믿습니다.

아아, 님은 갔지마는 나는 님을 보내지 아니하였습니다.

제 곡조를 못 이기는 사랑의 노래는

님의 침묵을 휩싸고 돕니다.

행복

박인환

노인은 육지에서 살았다.

하늘을 바라보며 담배를 피우고

시들은 풀잎에 앉아

손금도 보았다.

차 한 잔을 마시고

정사(情死)한 여자의 이야기를

신문에서 읽을 때

비둘기는 지붕 위에서 훨훨 날았다.

노인은 한숨도 쉬지 않고

더욱 아무것도 바라지 않으며

성서를 외우고 불을 끈다.

그는 행복이라는 것을 말하지 않았다.

그저 고요히 잠드는 것이다.

노인은 꿈을 꾼다.

여러 친구와 술을 나누고

그들이 죽음의 길을 바라보던 전날을.

노인은 입술에 미소를 띠고

쓰디쓴 감정을 억제할 수가 있다.

그는 지금의 어떠한 순간도

증오할 수가 없었다.

노인은 죽음을 원하기 전에

옛날이 더욱 영원한 것처럼 생각되며

자기와 가까이 있는 것이

멀어져 가는 것을

분간할 수가 있었다.

별

정지용

누워서 보는 별 하나는

진정 멀 ― 구나.

아스름 닫히려는 눈초리와

금실로 이은 듯 가깝기도 하고

잠 살포시 깨인 한밤엔

창유리에 붙어서 엿보노나.

불현듯, 솟아나듯,

불리울 듯, 맞아들일 듯,

문득, 영혼 안에 외로운 불이
바람처럼 이는 회한에 피어오른다.

흰 자리옷 채로 일어나
가슴 위에 손을 여미다.

무제

이상

내 마음의 크기는 한 개 궐련 길이만 하다고 그렇게 보고,

처심(處心)은 숫제 성냥을 그어 궐련을 붙여서는

숫제 내게 자살을 권유하는도다.

내 마음은 과연 바지작바지작 타들어가고

타는 대로 작아가고,

한 개 궐련 불이 손가락에 옮겨붙을 적에

과연 나는 내 마음의 공동(空洞)에 마지막 재가

떨어지는 부드러운 음향을 들었더니라.

처심은 재떨이를 버리듯이 대문 밖으로 나를 쫓고,

완전한 공허를 시험하듯이 한마디 노크를

내 옷깃에 남기고

그리고 조인(調印)이 끝난 듯이

빗장을 미끄러뜨리는 소리

여러 번 굽은 골목이 담장이 좌우 못 보는

내 아픈 마음에 부딪혀

달은 밝은데

그때부터 가까운 길을 일부러

멀리 걷는 버릇을 배웠더니라.

구름같이

노천명

큰 바다의 한 방울 물만도 못한

내 영혼의 지극히 작음을 깨닫고

모래언덕에서 하염없이

갈매기처럼 오래오래 울어보았소.

어느 날 아침 이슬에 젖은

푸른 밭을 거니는 내 존재가

하도 귀한 것 같아 들국화 꺾어 들고

아름다운 아침을 종다리처럼 노래하였소.

허나 쓴웃음 치는 마음

삶과 죽음 이 세상 모든 것이

길이 못 풀 수수께끼이니

내 생의 비밀인들 어이하오.

바닷가에서 눈물짓고…

이슬 언덕에서 노래 불렀소.

그러나 뜻 모를 이 생(生)

구름같이 왔다 가나보오.

목마와 숙녀

박인환

한 잔의 술을 마시고

우리는 버지니아 울프의 생애와

목마를 타고 떠난 숙녀의 옷자락을 이야기한다.

목마는 주인을 버리고 그저 방울 소리만 울리며

가을 속으로 떠났다. 술병에서 별이 떨어진다.

상심한 별은 내 가슴에 가벼웁게 부서진다.

그러던 잠시 내가 알던 소녀는

정원의 초목 옆에서 자라고

문학이 죽고 인생이 죽고

사랑의 진리마저 애증의 그림자를 버릴 때

목마를 탄 사랑의 사람은 보이지 않는다.

세월은 가고 오는 것

한때는 고립을 피하여 시들어가고

이제 우리는 작별하여야 한다.

술병이 바람에 쓰러지는 소리를 들으며

늙은 여류작가의 눈을 바라다보아야 한다.

…등대에…

불이 보이지 않아도

그저 간직한 페시미즘의 미래를 위하여

우리는 처량한 목마 소리를 기억하여야 한다.

모든 것이 떠나든 죽든

그저 가슴에 남은 희미한 의식을 붙잡고

우리는 버지니아 울프의 서러운 이야기를 들어야 한다.

두 개의 바위 틈을 지나 청춘을 찾은 뱀과 같이

눈을 뜨고 한 잔의 술을 마셔야 한다.

인생은 외롭지도 않고

그저 잡지의 표지처럼 통속하거늘

한탄할 그 무엇이 무서워서 우리는 떠나는 것일까.

목마는 하늘에 있고

방울 소리는 귓전에 철렁거리는데

가을 바람 소리는

내 쓰러진 술병 속에서 목메어 우는데.

향수

정지용

넓은 벌 동쪽 끝으로

옛이야기 *지줄대는 실개천이 휘돌아 나가고,

*얼룩백이 황소가

*해설피 금빛 게으른 울음을 우는 곳,

— 그곳이 차마 꿈엔들 잊힐리야.

질화로에 재가 식어지면

빈 밭에 밤바람 소리 말을 달리고,

엷은 졸음에 겨운 늙으신 아버지가

짚베개를 돋아 고이시는 곳,

— 그곳이 차마 꿈엔들 잊힐리야.

지줄대는 '낮은 목소리로 지껄이는'
얼룩백이 '얼룩빼기'
해설피 '해가 설핏할 때. 어둑해질 때'

흙에서 자란 내 마음

파아란 하늘 빛이 그리워

함부로 쏜 화살을 찾으려

풀섶 이슬에 *함추름 휘적시던 곳,

— 그곳이 차마 꿈엔들 잊힐리야.

전설 바다에 춤추는 밤물결 같은

검은 귀밑머리 날리는 어린 누이와

아무렇지도 않고 예쁠 것도 없는

사철 발 벗은 아내가

따가운 햇살을 등에 지고 이삭 줍던 곳,

— 그곳이 차마 꿈엔들 잊힐리야.

함추름 '가지런하고 차분한 모양'

하늘에는 *성근 별

알 수도 없는 모래성으로 발을 옮기고,

서리 까마귀 우지짖고 지나가는 초라한 지붕,

흐릿한 불빛에 돌아앉아 도란도란거리는 곳,

— 그곳이 차마 꿈엔들 잊힐리야.

성근 '사이가 촘촘하지 않고 떠 있음'을 나타내는 '성기다'의 방언

쉽게 씌어진 시

윤동주

창밖에 밤비가 속살거려

*육첩방(六疊房)은 남의 나라

시인이란 슬픈 천명인 줄 알면서도

한 줄 시를 적어볼까.

땀내와 사랑내 포근히 품긴

보내주신 학비 봉투를 받아

대학 노트를 끼고

늙은 교수의 강의 들으러 간다.

육첩방 '다다미를 6장 깐 방'. 즉 '일본'

생각해보면 어린 때 동무를

하나, 둘, 죄다 잃어버리고

나는 무얼 바라

나는 다만, 홀로 침전하는 것일까?

인생은 살기 어렵다는데

시가 이렇게 쉽게 씌어지는 것은

부끄러운 일이다.

육첩방은 남의 나라

창밖에 밤비가 속살거리는데,

- -

- -

- -

- -

- -

- -

- -

- -

- -

- -

- -

- -

등불을 밝혀 어둠을 조금 내몰고,

시대처럼 올 아침을 기다리는 최후의 나.

나는 나에게 작은 손을 내밀어

눈물과 위안으로 잡는 최초의 악수.

거리

박인환

나의 시간에 스콜과 같은 슬픔이 있다.

붉은 지붕 밑으로 향수(鄕愁)가 광선을 따라가고

한없이 아름다운 계절이

운하의 물결에 씻겨갔다.

아무 말도 하지 말고

지나간 날의 동화를 운율에 맞춰

거리에 화액(花液)을 뿌리자.

따뜻한 풀잎은 젊은 너의 탄력같이

밤을 지구 밖으로 끌고 간다.

지금 그곳에는 코코아의 시장이 있고

과실처럼 기억만을 아는 너의 음향이 들린다.

소년들은 뒷골목을 지나 교회에 몸을 감춘다.

아세틸렌 냄새는 내가 가는 곳마다

음영같이 따른다.

거리는 매일 맥박을 닮아갔다.

베링 해안 같은 나의 마을이

떨어지는 꽃을 그리워한다.

황혼처럼 장식한 여인들은 언덕을 지나

바다로 가는 거리를 순백한 식장(式場)으로 만든다.

전정(戰庭)의 수목 같은 나의 가슴은

베고니아를 껴안고 기류 속을 나온다.

망원경으로 보던 수만의 미소를 회색 외투에 싸아

얼은 크리스마스의 밤길로 걸어 보내자.

별 헤는 밤

윤동주

계절이 지나가는 하늘에는

가을로 가득 차 있습니다.

나는 아무 걱정도 없이

가을 속의 별들을 다 헤일 듯합니다.

가슴 속에 하나둘 새겨지는 별을

이제 다 못 헤는 것은

쉬이 아침이 오는 까닭이요,

내일 밤이 남은 까닭이요,

아직 나의 청춘이 다하지 않은 까닭입니다.

별 하나에 추억과

별 하나에 사랑과

별 하나에 쓸쓸함과

별 하나에 동경과

별 하나에 시와

별 하나에 어머니, 어머니

어머님, 나는 별 하나에 아름다운 말 한 마디씩 불러봅니다.

소학교 때 책상을 같이했던 아이들의 이름과, 패, 경, 옥

이런 이국 소녀들의 이름과, 벌써 아기 어머니 된

계집애들의 이름과, 가난한 이웃 사람들의 이름과,

비둘기, 강아지, 토끼, 노새, 노루, '프랑시스 잠',

'라이너 마리아 릴케', 이런 시인의 이름을 불러봅니다.

--- --- --- --- --- --- --- --- --- --- --- --- --- ---

--- --- --- --- --- --- --- --- --- --- --- --- --- ---

--- --- --- --- --- --- --- --- --- --- --- --- --- ---

--- --- --- --- --- --- --- --- --- --- --- --- --- ---

--- --- --- --- --- --- --- --- --- --- --- --- --- ---

--- --- --- --- --- --- --- --- --- --- --- --- --- ---

--- --- --- --- --- --- --- --- --- --- --- --- --- ---

--- --- --- --- --- --- --- --- --- --- --- --- --- ---

--- --- --- --- --- --- --- --- --- --- --- --- --- ---

--- --- --- --- --- --- --- --- --- --- --- --- --- ---

--- --- --- --- --- --- --- --- --- --- --- --- --- ---

--- --- --- --- --- --- --- --- --- --- --- --- --- ---

--- --- --- --- --- --- --- --- --- --- --- --- --- ---

이네들은 너무나 멀리 있습니다.

별이 아스라이 멀듯이

어머님,

그리고 당신은 멀리 북간도에 계십니다

나는 무엇인지 그리워

이 많은 별빛이 내린 언덕 위에

내 이름자를 써보고,

흙으로 덮어버렸습니다.

따은, 밤을 새워 우는 벌레는

부끄러운 이름을 슬퍼하는 까닭입니다.

- -

- -

- -

- -

- -

- -

- -

- -

- -

- -

- -

- -

그러나 겨울이 지나고 나의 별에도 봄이 오면

무덤 위에 파란 잔디가 피어나듯이

내 이름자 묻힌 언덕 위에도

자랑처럼 풀이 무성할 거외다.

예쁜 시를 쓴 위대한 시인들

권태응   1918년에 충청북도에서 태어났다. 경성제일고등보통학교 재학 중
비밀결사를 조직했고 일본으로 건너가 항일운동에 투신했다.
귀국 후 폐결핵이 악화되어 1951년에 사망했다.
대표적인 시집으로는 《감자꽃》이 있다.

김소월   1902년에 평안북도에서 태어났다. 서정시의 대표 시인으로
1922년 〈진달래꽃〉을 발표했고 시집으로 《진달래꽃》, 《소월 시집》 등이 있다.
1934년에 생을 마쳤다.

김영랑   1903년에 전라남도에서 태어났다. 《시문학》 동인으로 참여했으며,
《영랑 시집》, 《영랑 시선》 등의 시집을 남겼다. 한국적 정서를 담은
서정시를 썼으며 1950년 한국전쟁 때 사망했다.

노천명   1912년 황해도에서 태어났다. 1930년 이화여자전문학교 영문과에 입학해
〈밤의 찬미〉로 등단했다. 1938년 대표작인 〈사슴〉과 〈자화상〉 등이 실린
시집 《산호림》을 출간했으며 1957년 뇌빈혈로 사망했다.

박인환   1926년 강원도에서 태어났다. 1944년 평양의학전문학교에 입학했지만
광복으로 학업을 중단했다. '마리서사'라는 서점을 운영하며
여러 시인들과 교류했다. 1946년에 〈거리〉를 발표하면서 시 활동을 시작했다.
1956년 심장마비로 사망했다.

윤동주   1917년에 북간도에서 태어나 연희전문학교를 졸업한 후 일본에서 유학했다.
1943년에 항일운동 혐의로 일본 경찰에 검거돼 1945년 후쿠오카 형무소에서
옥사했다. 광복 후 그의 유고 시를 모은 《하늘과 바람과 별과 시》가 출간되었다.

이상	1910년 서울에서 태어나 경성고등공업학교 건축과를 졸업했다. 1934년 중앙일보에 〈오감도〉를 발표했다. 대표적인 초현실주의적 시인으로 1937년 일본에서 사상 불온 혐의로 구속되면서 건강이 악화되어 사망했다.
이상화	1901년 경상북도에서 태어났다. 한때 일본으로 건너가 공부했고 1922년 《백조》 창간호에 시를 발표하면서 문단에 데뷔했다. 낭만적인 경향에서 출발해 상징적인 서정시를 주로 썼으며 1943년에 사망했다.
이육사	1904년 경상북도에서 태어났다. 할아버지에게 한학을 배웠고 대구 교남학교에서 수학했다. 1925년 독립운동단체인 의열단에 가입해 활동했고, 1930년 시 〈말〉 등을 발표하면서 문단 활동을 시작했다. 1944년 민족운동과 관련한 혐의로 체포되어 북경의 감옥에서 옥사했다.
이장희	1900년에 대구에서 태어났다. 대구보통학교를 거쳐 일본 교토중학교를 졸업했다. 1924년 〈봄은 고양이로다〉 등을 발표하면서 작품 활동을 시작했다. 이후 고독하게 지내다가 1929년 자택에서 스스로 생을 마감했다.
정지용	1902년에 충청북도에서 태어났다. 휘문고등보통학교를 거쳐 일본 도시샤대학에서 영문과를 졸업했다. 《백록담》 등의 시집을 남겼고, 1950년 납북되어 사망했다고 알려져 있다.
한용운	1879년 충청남도에서 태어났다. 한학을 수학하고 백담사에 들어가 승려가 되었다. 1926년 한국 근대시의 기념비적 작품으로 인정받는 《님의 침묵》을 출간해 민족의 독립에 대한 신념과 희망을 노래하며 저항문학을 이끌었다. 1944년에 중풍으로 사망했다.

구성 HRS 학습센터

손으로(HAND), 반복해서(REPEAT), 스스로(SELF) 하는 다양한 학습법을 개발해
인지력과 기억력에 도움이 되는 책을 기획하고 있습니다.
쓴 책으로 《뇌가 젊어지는 어휘력 퀴즈》, 《뇌가 젊어지는 문해력 퀴즈》,
《뇌가 젊어지는 집중력 퀴즈》, 《어린이를 위한 논어 따라쓰기》 등이 있습니다.

5060 세대를 위한 뇌가 젊어지는 필사책
매일 예쁜 시 한 편

1판 1쇄 인쇄 2024년 9월 1일
1판 1쇄 발행 2024년 9월 10일
—
지음 김소월 외 11인 구성 HRS 학습센터
—
펴낸이 김은중
편집 허선영 디자인 김순수
펴낸곳 가위바위보
출판 등록 2020년 11월 17일 제 2020-000316호
주소 경기도 부천시 소향로 25, 511호 (우편번호 14544)
팩스 02-6008-5011 전자우편 gbbbooks@naver.com
네이버블로그 gbbbooks 인스타그램 gbbbooks 페이스북 gbbbooks 트위터 gbb_books
—
ISBN 979-11-92156-28-6 03810

가위바위보 출판사는 나답게 만드는 책, 그리고 다함께 즐기는 책을 만듭니다.